돌담도 꽃을 피웁니다

이미지북 시선 004

돌담도 꽃을 피웁니다

ⓒ 최시영, 2024

1판 1쇄 인쇄 | 2024년 03월 25일
1판 1쇄 발행 | 2024년 04월 01일

지 은 이 | 최시영(점숙)
펴 낸 이 | 이영희
펴 낸 곳 | 이미지북
출판등록 | 제324-2016-000030호(1999. 4. 10)
주   소 | 서울특별시 강동구 양재대로122가길 6, 202호
대표전화 | 02-483-7025, 팩시밀리 : 02-483-3213
e-m a i l | ibook99@naver.com

ISBN 978-89-89224-67-9 03810

이미지북
시선
004

돌담도 꽃을 피웁니다

최시영
시집

이미지북

시인의 말

아직도 어설프지만
한 편 한 편의 시를 모아 세상에 내놓으려니
기쁨보다 아쉬움이 더 큽니다.
오늘이 있기까지
용기와 격려를 아낌없이 보내준
수많은 얼굴들이 스쳐 갑니다.
이 순간도 함께 해준 자매 같은 문우님이 있어
결코 외로운 길은 아닙니다.
그리고
제 곁에서 이별 준비를 하고 계신
사랑하는 어머니께
이 책을 바칠 수 있어 기쁨입니다.
부족한 제 글에 날개를 달아
세상 밖으로 내보내 주신
오종문 선생님께 다시 한 번 감사드립니다.

2024년 초봄

차   례

시인의 말_ 5

제1부 | 손끝으로 새기는 그리움

제2부 | 간절한 사랑 온전히 보낼 수 없어

제3부 | 어머니 마음 같은 보름달

제1부

———

손끝으로 새기는 그리움

가오리연

끝없는 욕망 향해
창공을 거슬러 오르는 한 마리 가오리
얼레의 연줄을 풀면
거센 바람을 안고
온몸을 내던져 솟구치는 너
한 점이 된다
아득해진다
이윽고
흔들리는 너의 몸짓
하늘이 내게 말하기를
옛것을 버리란다
내 안의 욕망 모두 내려놓으라 한다
가슴으로 꿈을 품으란다

고라니

댕강!
새순이 잘려 나가는 순간

설핏, 고라니의 눈망울
콩잎에서 구른다

콩잎은
우리들의 젖줄이었구나

한 생애를 더듬으며
같은 생을 이어도

끝내 마주할 수 없는
어깃장 같은 운명이구나

치열한 삶의 현장
네 눈망울 같은 세상이구나

그리움

당신은
늘 그곳 그 자리에 있는데
난 가끔 보이지가 않습니다
행복한 웃음 뒤에 오는 모습은
차라리 타인처럼 낯설기만 하고
하고 싶은 말들이 많아질수록
목소리는 안으로 잠기기만 합니다

자전거 뒷바퀴처럼
당신의 뒤를 따르면서도
알 수 없는 외로운 그림자로
길게 섭니다

당신이여
고즈넉한 어두움이 깊어질수록
빗장을 걸어야만 하는
아쉬움에

당신이 오가는 길목 어귀에

마음의 창 하나 열어놓고
바람에 쏟아진 별빛들을 모아
베틀질을 해가며
손끝으로 새기는 그리움입니다

* 이종록 곡.

냇물아

미끄러지듯 흘러가는
홀로 떠나는 먼 길
만났다 헤어지고
헤어졌다 다시 만나며
되돌아설 수 없어
앞으로만 나아간 길

석양에 물든
수초와 잠시 입맞춤도 나누고
밤새 물질하는 물고기와 놀다가
때가 되면 다시 가야 하는
직진의 길
운명의 길

알 수 없는 세상
그 모험의 나라 향해
막히면 기다렸다가 함께 떠나고
굽이쳐 휘돌아 가며 흘러가는 냇물아
광활한 세계로 가려하는가

도서관 풍경

다소곳이 앉아 계신
백발의 할아버지
걸어온 세월
정갈하게
다듬고 계신다

종종걸음 아기 엄마
반쯤 찬 시장바구니
저녁이 있는 삶을 위해
행복의 양식
다독다독 채워간다

책 읽는 젊은이
지혜의 양식을 쌓고
미래를 설계하는 터를 다지는
세상에 당당하게 곧추설
주춧돌을 놓는다

들꽃

벌 나비 찾지 않아도
꽃이라 불러주지 않아도
한 줌 햇살에도
마음껏 일렁이는
널 닮고 싶다

거센 비바람에도
짙은 향기를 품어
수줍은 듯 해맑은 미소로
의연하게 흔들리는
널 사랑하고 싶다

작은 바람에도
휘어질 줄 알고
무수한 별을 가슴에 품는
초롱초롱한 사랑을
그 마음을 닮고 싶다

미련스러운 암

머리도 가슴도 없이
은근슬쩍 자리를 잡고 앉아
촉수를 세워 영역을 넓히려는
고약한 것

만물은 서로 상생하며
제 살길을 찾는다는데
허기지게, 아프게 살아도
서로의 마음 이해하고 다독이며
묵묵히 사자는데…
남의 살과 피로 불려놓은 몸뚱이
불구덩이 속으로
들어갈 줄도 모른
미련한 것

타고도
재로 남지 못할 괘씸한 것
살아생전 보고 싶지 않은 무서운 것

벚꽃 피어나다

허리를 굽혀 손 내민
봄볕들이
온 힘 다해 달려온다
나뭇가지에 걸린
겨울바람이
매섭게 회초리를 든다

까칠한 얼굴
알몸으로 내려온 저 구름
꽃잎 속 숨어들어
하늘거린 옷을 꺼내고
꽃 마중 채비한다

벙근 꽃무리 속
까마귀 울음에 깊게 베인
내 심장의 소리 하나
묻어도 좋으리

블로그

정돈되지 않은
어설픈 살림살이
들쑥날쑥 공간을 채우지만
세월이 퇴색한 흔적뿐

출렁이는 강물
갈 길 잃은 물고기로
파닥이다 떠난 자리
나그네가 스쳐 지나간다

사랑으로 채우지 못한
허허로운 공간
덩그렇게 남기고 간
님의 발자취

홀연히
바람처럼 가시기 전
차 한 잔 올린
그대 블로그

어떤 일기예보

별이 물을 머금으면
비가 오고

달과 별이 가까우면
하늘이 운단다

월출산 허리에 하늘이 낮게 걸리고
안개가 피어나고
붉게 넘는 해를
수상하다 하시며

평상에 드러누운
어머니 말씀에

제 눈에도
비가 올 듯합니다

새벽 산책길

이른 새벽부터 잠을 깨운
까치들의 수다 숲길을 어지럽히고
걸쭉한 까마귀 울음
뭔지 모를 긴장감을 준다

길섶 바위로 향하는 길
길손의 발걸음을 묵묵히 헤아리는
안정되고 편안한
또 다른 설레임

깊은 호흡으로 조금씩 끌어 담는
신선한 풀숲 향기 세상을 깨울 때
산등성이 오르는
오늘 하루 펼쳐 낼 생을 마름질한다

새벽이 깨우는 지상의 모든 것
잎새 끝 매달린 이슬방울 부드러운 바람은
또 하루 꿈을 키우듯
방울방울 이야기를 달고 있다

애달픈 사람

하늘이 내려앉은 듯
형광 불빛만큼
나만의 공간

먹구름 속 쏟아내는
임 향한 그리움인가
찰싹 달라붙은
공허한 무게의 욱신거림

나지막한 목소리로
누군가 날 부를 것만 같아 귀 세우고
쌓인 눈길 위에
또 눈발이 날리는 밤

허전한 마음 파고드는
공허한 바람 소리
잡을 수도, 보낼 수도 없는
늘 내 안에 있는
애달픈 사람이여

오만의 슬픔

아스팔트 도로 위
들고양이
자동차 행렬에 갇혔다
가슴이 철렁한다

순간, 납작하게 엎드린 슬픔
머리털을 바짝 세운다

어느 시인의 말처럼
차보다 빠를 거라는 오만
처절하게 뭉개지고 있다

자동차 바퀴 사이로
윙윙대는
고양이 가족 울음
오랫동안 귓가에 살아있다

잡초 뽑기

폭염 아래
물을 마시고 또 마신다
더위에 취해
위태위태한 몸짓으로
더욱 거칠어진 숨결
흙더미에 깊이 몸을 묻는다

자비 없는 손길
풀뿌리까지 뽑아내
땡볕에 내동댕이 치면
기진맥진
끈질긴 사투 끝에
패잔병 모습으로 발길을 돌려도

언제 끝날지 모르는
잡초와의 전쟁은 진행중이다
이 여름 미증유 삶도
잡초처럼 뽑아낸다

종이학

저 하늘에
종이학 한 마리
뒤뚱하며 날고 싶어 한다

잃어버린 꿈을 찾아
서투른 몸짓으로
무모할지라도

우람한 소나무 위에
둥지를 틀고 싶어 한다
비바람에 젖을지라도

흘러내린 별빛을 꼭 잡고
은하수 흐르는 그곳까지
한 번쯤 날고 싶어 한다
허황한 된 꿈일지라도

* 송영수 곡

대파를 앞에 두고

곧고 순수한 마지막 생
도마 위에 올려진 애환

너의 바람은
꽃으로도 바라봐 주지 않은
그 꽃을 피우기 위해
속을 다 비워내고
하얀 속살을 드러내고
누군가의 행복한 식탁을 위해
온몸을 내던지는 마음

결코 헛되지 않을
고요 속 푸른 꿈을 품었을 이야기

나잇살 좀 먹었다는 이내
현란한 칼 춤사위로 몸을 토막내면
파 향에 취해
눈물 콧물 다 쏟는
망나니가 되어 가는

제2부

—

간절한 사랑 온전히 보낼 수 없어

허수아비

풍요로운 들녘
참새들 재잘거리는 노랫소리
지켜보며 배시시 웃는 허수아비
가을 축제가 한창이다

새벽 이슬
어깨 위에 놀다간 자리
가을 햇살이
꾸벅꾸벅 졸고 있다

거들먹대는 참새들과
놀아난 걸 모르는 척
아무렇지도 않다는 듯

맘 좋은 농부의 손길도
노랗게 익어가는
가을빛이다

가을 아침

안개비로 내려앉는
새벽하늘
밤새 뒤척이던 바람
빗살나무를 깨운다

아직 잠에서 덜 깬
깊은 잠에 길게 누운 가로등
무겁게 누르던 어둠을 내려놓고
맞은편 적송 한 그루에
까치와 까마귀의 어울림이
생경스러운
평화로운 이 아침

가을을 읽는
젖은 풀벌레의 속살거림
풀잎 속에 담는다
톡, 톡, 톡
익어가는 가을

곡예사

자동차를 싣고
쉼 없이 운반하는 길
실핏줄 사이사이 흐르고

힘들게 치켜뜬 헤드라이트
두꺼운 어둠 허물어 가지만
충혈된 눈으로 태무심한 가로등
발등만 쳐다본다

숨 가쁘게 돌아가는 콘베어벨트에
아슬하게,
혹은 위태롭게 매달린 채
노련한 곡예사가 되어
환호하는 관중도 없이
열연하는 무대

그리움의 빛

그리움이 만발하여
벚꽃으로 피었나요

사랑했다 말 못 하는
진달래인가요

시린 아픔이라서
백목련에 묻힌 건가요

곱게 저물어 가는
지는 꽃잎 같은 꽃물 밴 노을인가요

가슴 속 깊은 곳
피어나는 그리움인가요

아직 채색되지 않은 꽃잎
가만히 풀어 보고 싶어요

냉장고 동태찌개

세월이 흘러
앞자리에서 뒷자리로 밀려
구석진 자리에 웅크리고 앉아
내밀한 언어에 나서지도 못하고
고독한 입술 앙다문다

가끔 문 여닫는 소리
긴장한 채 귀 쫑긋 세워보지만
호명은커녕 눈길조차 없어
신선한 얼굴들이 앞자리에 앉는다

시시각각, 하루하루
몸이 시들고
머리가 허옇게 변해가면서
제 스스로 물러진 억장

옹색한 변명 한 번도 못 했는데
코끝을 건드리는 악취를 풍기고서야
다짜고짜 멱살 잡힌 채

뒷마당 구석에
산 채로 매장당한 썩은 동태찌개
무너져가는 세월 속에
발길은 외롭다

미장원에서

거울 앞에 앉자
시골 낯선·할머니 날 쳐다본다
불편해서 모른 척했다

등 뒤에선
치매 어른 얘기가 한창 꽃을 피운다
귀가 어지럽다

눈길 피하려고
손안에 움켜쥔 책 한 권
활자들이 풀풀 날린다

여사님, 중화제 발랐어요
아뇨?
발랐잖아요
여기저기서 봉두난발이다

슬몃
다가온 잡상인

덥석 집어든 멸치 잽싸게 계산한 뒤
가볍게 미장원 나오다가

어멋!
내 멸치
밀고 들어선 순간
웃음소리
잘린 머리카락처럼 흩날린다

도토리묵

검붉게 빠져나간
독한 사랑

그 마음이
숯덩이었구나

삶의 앙금마저
서슬 퍼런 불꽃으로 태우고

안갯속 휘저으면
비로소 느껴지는 네 촉감

간절한 사랑을
온전히 보낼 수 없어

까맣게 응고된 채
한몸이 되어버린
만성 열병이어라

별

누구의 손길도
허락지 않을
도도한 빛

어두울수록
고혹적으로
스스로 빛을 내는 별

그냥 눈부심이 아닌
황홀한 빛으로
유혹하는 허상의 별

가슴에 남은
슬픔의 별밭, 그리움 뿌려 놓고
두 눈 눈물로 맺혀
두 볼로 떠나는 별

빈 들녘 바라보며

풍성한 결실을 해산한
빈 들녘
감정도, 표정도 없는 바람
쉬이 떠나지 못하고
논두렁을 서성거린다

농부가 흘린 땀방울
다 거둬가기까지
마른 풀숲에
고단한 몸을 뉘어
긴 잠 속에 빠진다

기지개를 켠 날
따스한 봄 햇살이 찾아와
언 땅을 두드리고 봄바람을 깨우면
포근히 감싸는 사랑 속에
새 생명을 잉태하는
어머니가 되어 줄 것이다

꽃무릇

오종종한 정적을 깨고
서둘러 밀어올린 꽃대
화려한 몸짓
바람에 흔들린다

그대 붉음 더욱 돋보이게 할
푸른 옷도 벗어버리고
길가 외진 구석에
홀로 서 있구나

밤새 그대 보고 싶어
뜬눈으로 기다렸지만
그대 오는 날 난 사라지고 없어
평생 볼 수도 만질 수도 없는 사랑

아침 햇살에 수줍음으로 피어나고
저녁 달빛엔 외로움으로 서는 외사랑
홀로 서 있다

송사리별

송사리별이란다
신대륙을 발견한 마음으로
송알거린 별을 찾아냈다

어머니와 함께
은밀히 바라보는 별
우리 모녀도 어느 새 별이 된다

그 별 중의 하나
세월의 강 깊어질수록
아스라이 멀어져간 별빛 하나

서쪽 창 커튼 뒤에 숨겨둔 달빛을 꺼내
반짝반짝 닦아서
어머니 은빛 머리에
화관으로 씌우고 싶다

어떤 안부安否
-아들에게

나의 영혼이
작은 씨앗으로 자라
낯선 먼 곳에
뿌리를 내린 아들아!
사람도 언어도 낯선 땅
어떤 명분 하나로 견뎌냈을지
차마 묻지 못한다

어둠 속 하늘을 바라보며
그리운 고향 생각
엄마 생각 불빛들로 반짝이고
마음 속 깊은 곳까지 출렁이는 그리움
지구별 끝과 끝 밀려갔다 밀려온다

희망이란 울타리 안
사랑의 꽃을 피운 가슴 떨린 환희에
기쁨의 꽃으로 피운다

장마

먹구름
널찍이 하늘에 수놓는 때는
지리한 장마의 시작이다
차곡차곡 쌓여가는 세탁물처럼
끝없이 쌓여가는 불쾌지수
마음을 담금질하며
날 세워 가른 허공
빨랫줄에 내어 건다

장대 같은 비
단단한 땅에 흙탕물 쏟아붓고
몸도 생각도
위태롭게 범람하는 한 생이
땅속 깊이 다져지며
스며든다

비 갠 하늘
젖은 구름 까실하게 다 마른 날
축축한 마음 질근잘근 밟아

말간 물 흐르도록
바지랑대 높이 치켜
하늘에 널고 싶다
우중충한 날씨
햇볕에 널어 말리고 싶다

어머니 1

단풍잎 곱다고
말하지 않겠습니다
아프게 물들었음을
알기 때문입니다

바람이 불어올까
버석거린 나뭇잎에
마음의 끈으로 묶고 싶습니다
홀로 선 나목이
애처로워서가 아닙니다
못 다 한 사랑이
두렵기 때문입니다

비바람이 불어도
먼저 지는
낙엽은 되지 마십시오
한껏 흔들리다
제 자리만 지켜 주십시오

한 발짝 앞에
한 아름 나무로 설 때까지
바람을 막아설 때까지

* 정진 곡.

어머니 2

돌 틈 사이
외톨로 피어오른
무명 꽃 당신

낡은 새끼줄에 엮인
시래기처럼
바스러질 것 같은
내 어머니

부러진 걸음
끌리는 몸으로도
지칠 줄 모른
당찬 사랑

아직도
묵은 장작 같은 어머니 가슴
식을 줄 모르는 마음은
늙어가는 자식까지도
품고 있다

왜가리

어쩌자고
고스란히 빗물을 받아내는지
사연도 모른 채
물 녘에 합장을 했다

온 세상 적시는 봄비에
씻겨내려 갈 줄 알았던 슬픔의 무게
무릎 쏠림은 더하고
풀어헤친 가슴 빗길이다

우수에 잠긴
날개 위로
내 한 방울 눈물이 맺힌다
날이 저문다
어디서 노숙할 잠자리가 필요하다

종착역

비가 추적추적 내린다
밤마다
온몸이 젖은 별들이
월출산 무릎 아래 납작 엎드린다

산을 내려온 바람들이
한바탕 들녘을 쓸다 가고
봄볕들이 초연한 음성으로 속살거리며
마을 앞에 당도한다

입구 홀로 서 있는 가로등
무심하게 졸다
조심스러운 발걸음으로
외진 길 돌고 돌아
목소리가 사라져가는 서당동에
삶의 등짐을 한 짐 내려놓고
오롯이 세운 마음의 길
종착역

제3부
———
어머니 마음 같은 보름달

파스를 붙이다

병상의 어머니
앙상한 뼈들의 골이 깊다

간헐적으로
흔들리는 어깻죽지

나비의
날개 자리 될까 봐

파스로
꾹꾹 눌러 붙인다

회환

허구한 날
추억만 만지작거린다

올망졸망 매달린 회환
쉽게 버리지 못해
이번에는 꼭 해내자고
굳게 마음의 성을 쌓는다

그 강다짐 언제쯤인가
온갖 구실로 포장하며 어물쩍 넘어가는

무참히 밟힌 가슴속 저 밑바닥
앙금 속에 자리한 낮은 자존감
풀어놓지도
비우지도 못한 채

퇴로 없는 소매 끝단 남루한 보풀 흔들며
독배를 마신다

가을이 오는 소리

마무리가 덜 된
여름을 개켜
잰걸음 재촉하는
매미 소리 떠난 자리

풋내 나는 벼 이삭 키가 쑥쑥 자라
온 들녘 노랗게 색칠하는
햇살의 손놀림이 분주하다

달빛 그물을 던져
가을을 끌어올리려
농부의 구슬땀이
흥건한 귀뚜리 울음이
곳간 가득 넘친다

김장하는 날

팔 걷어붙이는 일
얼마 만인가
아무것도 모른 채
눈동냥, 귀동냥으로도
해냈던 한겨울 양식 김장 담그기

레일 위에 얹힌 세월
저마다의 역에서 다 내리고
의욕도 용기마저 쓸쓸히 쓰러져 간
간이역처럼 저문 젊음

떠난 임 생각에
외돌아 앉아 몰래 훔친 그리움
한 사람의 생애도
눈물도
갖은양념에 버무렸습니다

달무리꽃

초저녁
달무리꽃
별들도
숨죽이고 지켜보는

남 볼세라 수줍어
살짝 폈나?

대숲 새들도
고단한 날개 접으면
포근히 잠을 재운
바람들이 술렁인다

홀로 핀
동그란 무지개꽃
구름도 가던 길 멈춰
하얀 반지를 끼운다

보름달

초저녁 반달
창문을 기웃대다
입맛 잃은 어머니
국그릇에 떠 있다

머리맡
쪼그려 앉아
이마 짚어가며
간호를 하고 있다

밤새도록
만개한 불두화로
환하게 웃어주면서
안부를 묻는
어머니 마음같은
보름달

돌담도 꽃을 피웁니다

돌담도 꽃을 피우는 걸 알았습니다
옹기종기 어깨동무하며
금잔디꽃 피워 올립니다

지난해보다
키를 한 풀 더 키워
온몸 내어 준 채
봄볕을 두르고
바람의 심장 소리를 들으며
모유 먹는 아이처럼
말똥말똥 진분홍 미소를 흘립니다

흰 눈 뒤집어쓰며
가슴으로 꼬옥 품어 키운 금잔디
세상 가장 말간 얼굴로
고개를 내민 아침
든든한 사랑입니다
봄날의 눈부신 외출입니다

마음

빛이 자꾸 꼬여
빗어내리지 못한 채
날 선 마음이 된다

바람이 서로 엉켜
탈출구 문고리를 잠그지만
조바심이 일 뿐이다

낮은 구름이
창문 넘어 기어들면
긴 그림자 하나 마을을 끌고간다

골목 가로등이
타버린 노을 안고
엉킨 마음의 빛 숨기고 있다

봄비 1

아득한 곳에서
체념으로
떨어지는 게 아닙니다

새롭게
태어나기 위해
일어선 것입니다

깊은 잠에 빠진
대지도 흔들어서 깨우고
오돌거린 나목에게
옷도 입히고

이 세상
성스러운 빛을 얻기 위한
평화로운 몸짓입니다

봄비 2

나풀거린 마음 자락
하얀 그리움이
구름 되어
긴 잠 속에
봄비가 되어 내린다

화사한 꿈
염원하는 꽃망울마다
짙은 입맞춤
설렘으로 내리는 비
봄은 또 그렇게 온다

안개비로, 보슬비로
아린 그리움으로 내리는 비
봄꽃 치마에 앉아
또르르륵 굴러가며
봄마중하는 봄비

그대 가려거든

그대 가려거든
뽀드득 그 소리까지
남겨 놓고 걸을래요

남겨진 발자국이
지워질까 봐
혹여 길을 잃지 않도록
헤매지 않도록
조심조심 발길을 따라가던 날

그대 가려거든
정녕 가시려거든
그대 향기 꼬옥 묶어 가실래요
불어오는 바람에
흩날리지 않게
향기 따라 걷다가
허둥대지 않도록

그대 가려거든

안녕이란 말만 하지 말래요
이별인지 모르고
세월에 묻혀 가다
곱게 내린 석양 노을
그리움인지 알게요

* 설수경 곡.

아버지의 숫돌

바짓가랑이
풀 내음 걷어 올리고
쓱쓱 쓰윽
무딘 낫을 숫돌에 갈았다

지그시 누른
팔목 힘만큼이나
가슴과 배를 내밀어
엇나가지 않도록 날을 세우고
평생을 자연에 순응하며 견뎌냈을
저 우직함

큰 우주 별이 된
아버지 손길을 그리다 망부석이 된
붙은 등가죽 허기진 배에
삶의 배고픔 잘라내고
한 생의 울분과 서러움 찍어내던
녹슨 그 낫
헛간 시렁에 걸려 있다

요양원에서

태풍 같은 세월
할퀴고 간 자리
품격마저
사라졌다

빠른 세상 물살에 떠밀려 간
기억들
지문처럼 지워지지 않는
피붙이에 대한 그리움

그래도 내 자식은
그래도 내 새끼는…

오지도 않는 자식들
기다리는
의미도 읽을 수 없는
눈가에 이슬

장미에게

당신이
예쁘다는 걸
향기가 있다는 걸
스스로 알고 있소

아름다움이 짐이 되어
스스로 가시를 달고
무장해야만 하는
그대의 애환

짙은 향 숨기고
찌를 듯 으름장을 놓는
눈으로만 품으라는
가슴에 담으라는
붉은 마음이었다

등산길

차오르는 마중물로
부질없는 마음 뿜어 낸다
한 방울 땀방울도 훔쳐내지 말자
눅눅함이 씻길 수 있도록
천천히 산을 오른다

온전히 내어 준 품속
한 그루 소나무로
우뚝 서 보고
숲속의 길을 낸 작은 도랑
맑은 물길로 흘러도 좋다

주홍빛 노을로 단장을 하고
저 높이 날아오르는
작은 새 되어
마음만 둔 곳 그곳에
새가 되어 날아도 본다

신호등 1

신호대기 중
빨간불이 켜지자
쏜살같이 뛰는 덕성댁
급히 뒤따르는 경찰
아짐
파출소로 가셔야 것는디

뭐이요?

신호위반 하셨지라우

기세등등 아낙의
활처럼 휜 언어가
검지 끝에 튕긴다

보시옷!
빨간 불이잖아옷!

신호등 2

아짐
뭔 불에 건너죠?

잉
뻘. 런. 불

번개 같은 순발력
애매한 발음

네
퍼.런.불 맞습니다

바람의 속도로
자존심을 포옹하자

참말이여?

마삭줄꽃

얼키설키
억센 팔뚝 숨겨놓고
하얗게 웃는다

고혹적인 향으로
바람을 유혹한
바람개비꽃

각진 세상
닳고 덜커덕거려도
범하지 못할 위용으로 서 있다

울타리 된 내 마음
바람개비 되어
세상 바람을 돌리고 있다

제4부

—

홀로 떠난 시간들

폭설

폭설이다
머릿속까지 내린 폭설

핸들을 꼭 붙잡고
눈뿐인 지구별에 불시착했다

길이 없어
알 수 없는 깊이로 빠져들었고
잠깐 사이의 자동차 안
용기를 낼수록 두려움도 커져간다

한바탕 거센 북풍이 몰아치고
저만치 창백한 건초들이 몸을 세운다

눈보라 갓길로 세우고
가만가만 길을 내준다

꼭 이내가 달려온 그 길 같다
참 환하다

개똥벌레

세상이 밝아
보지 못했던 너

어둠이 내려앉고서야
너를 보았다

점멸하듯 반짝이는
유년의 아련한 추억
밤마실 가는 길에
등을 밝힌 고요의 숲

내 마음 작은 별 되어
세상을 밝힌다

현란한 춤사위로
한 생을 휘감는

그 빛은
마음의 꿈이다

낡은 운동화

아무렇지 않게 짓밟고서도
죄의식이 없었다

두 발로 밟고 일어서야
세상이 꿈틀거린다

나의 필생을 끌고 온
신발
절룩거리며 가는 삶의 애환
세상 가장 낮은 곳에서
가장 낮은 자세로 엎드려
세상의 무게 온몸으로 견뎌냈던
낡은 운동화

혀를 빼물었다는 이유로
영원한 이별 앞에

눅눅한 한때의 잔상들이
발목을 붙잡는다

달빛 아래서

멀리서도
바라볼 수 있어
행복입니다

비워 가면서도
다시 채워지는
기쁨입니다

보이지 않아도
다시 올 줄 알기에
조바심이 없습니다

잊겠노라
훌쩍 뒤돌아서면
발길에 서는
달그림자입니다

어머니의 정글여행

정글의 법칙이다
96세 병석의 어머니
방문을 노크하는 목소리

배낭을 메고
미지의 정글
맨발로 잠옷으로
밤마다 거리를 탐험한다

소라구이에 나대는 입맛
내 새끼들 생각에
새우 한 마리 여럿으로 나누며
당신은 텅텅 비어버린 배를 물로 채운다

오늘은 TV에서 뭘 봤는지
무슨 말 들었는지
자꾸 "사타구니" "사타구니" 했산다냐
칠레 파타고니아예요
뭐 사타구니?

파.타.고.니.아
몇 번을 반복하다
그래 사타구니 하고 만다
순간 당신 얼굴이 환하다

웃음의 끝을 잡고
오늘도 세계 배낭 여행중이다

동백꽃

누군가 잊지 못해
눈꽃을 이고
붉은 마음을 피웠습니다
손이 얼어 호호 입김을 불고
발이 시려
두 발을 동동거렸을
그리움의 몸짓
뚝 하고
비밀 하나 떨어트리면
동박새 고단한 날개를 접고
가슴을 다독인다
그 사이
누군가가 동백꽃을 배웅하고
바람이 왔다 가고
몸 던져 핏빛으로 번지는 늦저녁
동백의 마음
붉은 꽃

복수초

서둘러 나서느라
챙기지 못했을까

발싸심에
외투랑 꿀단지랑
그냥 두고 왔을까

눈 덮인 이불을 걷고
빛을 모아 노랗게 데워놓고

남들이 눈치 챌까
서둘러 봄소식 전하고 싶어
살짝 빠져나온
눈 속에서 피는 꽃

오늘 아침
봄볕을 초대하는
저
환한 미소

월출산을 바라보며

장엄한 위상에
더욱 작아지는 나
깊은
산 그림자에 묻힌다

쉬이
다가서지 못하는 것은
호락호락하지 않은
우뚝 선 바위와
만질 수 없는 무지개며
오래 머물지 않는
이른 새벽
안개구름 때문이다

누구에게나
함부로 곁을 내주지 않는
여러 고을을 품고 있는
너의 자존감이다
존재의 이유다

아버지

푸른 바람은
아버지의 숨결
풀 바지게에 산머루 올려오신
땀 냄새가 코 끝에 와 닿는다
한여름 모깃불 사른 부채질
잠방잠방 먼 은하수도 건너고
무릎베개로 별똥별을 찾았다

개구리 울음 속
자분자분 목소리가 묻어나오고
주억대는 누렁소 몰고
까맣게 빈 하늘을 쟁기질한다

품을 떠나는 자식들 등 뒤에
또 오너라 눈물로 배웅하며
작아지신 아버지
이젠
밤별처럼 숭숭한 가슴에
소슬바람 명치 끝을 스친다

여름날 밤

종일 범람하는
개구리 울음 위에 앉아
노도 없이
한여름 속으로 떠밀려 간다

산 아래
무심히 희미한 불빛
바람에 굴절되어
그리움으로 반짝인다

갈피를 못잡은 뭇생각들
산 아래 저수지 잔물결로 일렁이고
개구리 울음을 깨고 나온
진솔한 얘기들이
짧은 한여름밤을 밝힌다

이슬꽃

별빛으로 내려와
가장 낮은 자세로
몸을 던진 텃밭
콩꽃으로
깨꽃으로
방울을 달고
피어난 꽃

꽃밥도 수술도
몸에 달지 못한 서러움
영롱한 눈물로 살다
아침 부드러운 햇살에
향기도 다 주어버린
흔적 없이 사라져버린
하룻밤의 꽃

달력을 앞에 두고

달랑
못 하나에
사계절 삼백육십오일이
의연하게 또는 아쉽게
가볍게 걸렸다

필생을 땀 흘려온 날의 노을
한 장씩 매일 넘겨 가면서도
한 눈으로는
알 수 없는 저 거대한 우주 속
한참을 바라본다

따박따박
지난 길의 빈 칸을 눈으로 짚어가면
아쉬움만 남고 안타까움만 가득 남는
버려지고 홀로 떠난 시간들
다 지워내고

정월 초하루 아침, 맑은 정신으로

해야 할 일, 원했던 색채로
여백을 메꿔간다
삶과 희망을 찾아가는
길목을 색칠한다

제비꽃

높은 저것들
누워서 보면 더 잘 보이는지
넓은 하늘 다 받아낸 마음
꿈을 꾸고 있을까

결 고운 바람에는 손을 내밀고
거친 바람
맞서기 싫어 몸을 더욱 낮추고

금이 간 시멘트벽 사이 비집고
고개를 내민 빛 고운 아가
보랏빛으로 웃고 있다

낮은 자리에서
바람 불면 그 바람에 흔들리고
봄볕이 쏟아지면
그 봄볕과 사랑 나누며 피어나는 고운 꽃
눈에 들어 참 곱다

태안 앞바다에서

바다를 닮아버린
짙은 회색빛 하늘
옛 상처 덮으려는 듯
서럽게 쏟아내는 비구름

그 마음 어쩌지 못해
바다의 등 뒤에 서 있다

까맣게 목을 옥죄는
기름띠를 두르고
질려버릴 여력도 없이
헐떡이는 놀란 가슴

물새들 영혼들이 끼끼룩 날고 있는
갈매기 울음 속에 섞인다
죽을 만큼 몸살을 앓다 침묵하며
작은 파문이 나그네의 발목을 적신다

하얀 밤

깊은 어둠을 베고
자리에 누웠다
시계 초침 소리가
방 안 가득 채워진다

때로는 파도로 출렁거리고
어디론가 밀려갔다 밀려온다

한바탕 폭풍이
휩쓸고 간 처연한 마음이다

파랗게 질린 수초처럼
축 늘어진 몸을 파도에 맡긴 채
멀미 심한 밤으로의 지루한 여행
아득하다

닭 홰치는, 홰치는 소리
비릿한 선착장을 부른다

상흔

쓰린 상처 덮어보자고
사르륵 함박눈을 맞고 섰지만
얼어버린 마음은 조각이 난다

오랜 세월
참아내고 버텨 낸 삶
모서리가 무뎌지도록
모난 곳을 갈고, 턱진 곳은 사포질하며
잘 다듬어 온 생이라 믿었다

어떤 날이었다
가로등 불빛 아래 드러난 생은
살아가면서 지울 수 없는
선명한 상흔이었다
그리움이었다

동장군

창문 앞
떨고 있는 바람
바람의 무심함에 심통을 부렸을까
목이 짓눌린 채
맥도 잡히지 않는 수도꼭지
긴급 수술을 하고
온갖 조치를 취해도
깨어나지 않는
한 밤의 난장판
밤새 지켜본 달
하얗게 질린 채
산을 넘지 못했구나

상처

뜨거운 만큼
깊은 상처

피가 나도록 빡빡 긁으면
시원할 줄 알았는데
더 세게 두드리면
덜 아플 줄 알았는데

시간이 흐를수록
마음 깊은 곳까지 파고드는 통증

독을 품은
인내를 모르는 손은
자꾸만 아픈 곳을 긁고
더 큰 상처로 남을 줄 알면서도
함부로 덧대는 말
온몸이 짓무른다

조깅

밤새 안녕 인사를 하고
마을 어귀를 달리는 시간
자욱한 입김
허공으로 흩어지지 못하고
어설픈 아집을 틀었다

아침 첫 빛이 개울을 건너오고
뒷걸음질로 물러간 안개의 빈자리
시간을 둘둘 말아
주위의 풀꽃, 나무들 조금씩 나눠주고
남은 건 모두 산 넘어 보내도
누구 하나 성토하지 않는다

달려온 거리만큼
살아온 날만큼 세월의 끈을 이어 매달고
닳고 덜컹거리며 달려온 길
무엇으로도 보상받을 수 없는 시간에
두 발로 다져 본 아침
오늘은 여름꽃들이 인사를 한다

제5부
—
그리운 그대 당신입니다

겨울 눈

눈이 내린다
함박눈이 펑펑 내린다

지구별에 곧게 뿌리내린
세상의 온갖 더러움
추위와 배고픔
욕망과 배신

아무 일도 없었다는 듯
평화롭게, 소복하게 내린다

어릴 때 뛰놀았던 메마른 보리밭에
어린 발자국 찍어내던
행복은 다시 올까

언 흙덩이 부둥켜안고 있는 보리밭
함박눈 펑, 펑, 펑 내려
청보리 이불이 되어 주는
머지않아 푸른 싹을 밀어올릴 것이다.

그대는

낙엽 구르는 소리에
깊은 침묵으로
지켜봐 주고 있는 그대는
가을 나무입니다

매서운 칼바람에도
그 곳 그 자리에 의연한 자태로
봄을 기다릴 줄 아는 그대는
겨울 나목입니다

외로움에 젖어 있는
어깨와 가슴으로 소복이 내려앉아
포근히 감싸주는
그대는 함박눈입니다

땅거미가 질 무렵
어김없이 무심코 발길이 닿는 곳은
그리운 그대 당신입니다

낮달

그대 마음을 담아
서리꽃으로 피워 놓고
떠나지 못해 서성이는 낮달
어슴푸레 돌아서는
창백한 모습이다

서녘 하늘
붉게 타 오르는 노을
더딘 발걸음으로
앞산을 넘을 즈음

오도카니 앉은 먼 산 바라기
그대 향한 마음
서리꽃
눈물 꽃으로 피었다

월출산 바람

월출산 천황봉을
한달음에 넘어온 바람
서당동 대숲에서
명강의를 하고 있다

잠시 숨죽이다가도
궁시렁대며 술렁이고
가끔 격한 몸짓으로
휘어진 허리를 타고 내려와
관중들을 잠재운다

엊그제 군무로 이소離騷를 한
물까치 떼 빈 둥지에
가을 햇살이
주인처럼 내려앉고

월출산 큰바람은
영암 앞바다 파도를 불러와
바람집 한 채 짓는다

어머니와 딸

나목처럼 앙상한
와상臥像의 어머니를 씻기며
무심코 했던 말
"100세까지 이러고 삽시다"
"뭔 소리냐? 어서 가야지…"
순간 심장을 때린다

96세 어머니
100세가 오래오래란 뜻
딸의 진심을 알고 있을까
어머니의 마음에 비누칠을 해가며
슬픔의 두께를 문지르자
거품에 젖은 밀린 상처가
와락!
눈물을 씻겨내린다

불면증 1

잠을 메고 나선
퀭한 눈
머리맡 출렁거리는
어둠을 굴리고 다닌
사나운 바람
이윽고 어둠이 산을 넘었다

눈 감을수록
더욱 또렷해지는 잠
고개를 바짝 치켜들고
잠의 샷바를 세게 쥐고
밤새 씨름을 한다

어느 집 첫닭 울음이
옆집 담을 넘어
메아리로 이어질 때
기지개를 켜는 동녘 하늘
다 익은 별을 떨구고
잿빛 날개를 펼친다

불면증 2

무거운 정적에
빗금으로 내린다
뒤척이는 어둠
창문을 깨고 넘는 사이
담장 위
수고양이가 자기 땅을 넓힌다

벌떡 일어서는 짜증에
제쳐진 이불 험악하게 구겨진다
무심히 베개 옆 나뒹구는
어느 시인의 시집
손에 들고 펼친다

책갈피 속 수많은 활자들
불면증에 걸린 탓일까
날카로운 이념들이 일어선다

밀레를 읽다가

떠도는 저 구름
채반에 담아서
척박한 내 방에
푸른 비로 내릴까나

장 프랑수아 밀레를 불러세워
끝 간 데 없는 밀밭에
씨앗을 흩뿌려 놓고
저물녘까지 키질하고
낟가리도 몇 동 세워 놓고
왼종일
그 마음의 텃밭에
시를 심고 있다

이것도 삶이라고

발톱을 세운 햇빛 허리를 할퀴고
물꼬를 타고 흐르는 물길인 양
눈으로 흘러내린 땀방울

밀린, 기약없는 일감들은
날 일꾼처럼 굴리고
불이 난 발바닥이 반란을 한다

사춘기, 그 힘든 세월
꼭 닮은 열 손가락이
가슴앓이로 하소연하다
소통을 거부한다

꽉 다문 입술로 토해내지 못 한
마음 밑바닥에서 들려오는 소리
이것도 삶이라고
그러니 살아야 한다고 건네는
위로하는 말 한 마디

시골 축제

축제가 한창이다
뒷밭에 자연의 무대를 세워 두면
앞산에서
또르르 목소리로 화답하는 꾀꼬리
쨱, 쨱, 쨱!
텃새들의 소심한 박수
건들거리며 홀딱 벗고 외치는
수위 넘은 검은등뻐꾸기 노래
뗵! 뗵! 뗵!
혀를 차듯 뱉어내는 떼까치의 까칠한 분노
휘이익 휘파람새 분위기가 술렁일 때
밀짚모자에 분홍 보자기
할머니 광대
냄비뚜껑 난타로
훠이훠이 추임새를 넣는
한바탕의 시골 축제
모두가 하나가 된 흥겨움이다

안개비

하루하루
지우개질하던 태양도
조바심을 낼 즈음
허공을 쓰레질하던 바람
꽃밭에 둥지를 틀고
설익은 봄을 길어 올리려고
구슬땀을 흘린다

이미 저버린 꽃잎의 허망한 자리
여리고 푸른 접시꽃나무
새 잎을 돋아내고
따스한 눈길로 다독이며 쓰다듬는
안개비 사랑에
청초한 눈물 조금씩 말려가며
푸르게 웃는다

시 그릇

손끝에 감긴
날실과 씨실로 짠 시 한 줄
바람에 솔솔 씻어
채반에 펼쳐 널었다가
어머니가 아끼시던 투박한 단지에
햇물과 날것의 생각 잘 버무려
켜켜이 담았다

얼마나 흘렀을까
시 언저리 그 어디쯤
휘어져 내린 대숲 바람이 불어오고
짝을 찾는 잿비둘기 울음 가슴에 파고들 때
언어의 담금질이 시작된다

고된 삶 실타래로 풀어내듯
꽁꽁 동여맨 감성들이
시 그릇에 담겨
뽀글뽀글 끓고 있다
깊고 깊은 감칠맛으로 익어가고 있다

입원실에서

이웃처럼 정을 나눈 아낙네와
짧은 눈빛 나누고
또각또각 소리로
멀어져 간
이별의 자리

온몸에
주렁주렁 매단 링거
훈장처럼 달고 사는
장기 입원 환자는
이 병실의 방장이다

효자 아들 자랑에
어깨의 뽕이 솟다가도
면회 한 번 없는
쓸쓸함에 코가 석 자
안쓰러움도 있었다

하늘 땅 뒤엎어지는

어지럼증 소란에도
고요한 표정으로
세상살이 이야기 다 듣는
청력 장애 할머니

아흔다섯 해 끌었던
억척스러운 삶
문고리에 걸어 놓고 떠난
가냘픈 신음
아직도 귀에 쟁쟁한데
오늘은 병원 앞마당 목련꽃이 피어난다

오후의 텃밭

하늘 자락이
산 중턱에 걸리고
푸른 이슬이
텃밭 푸성귀에 그렁그렁 맺힌다

때마춰 연모의 정을
데구르르 나뭇잎에 굴리는 산새들
햇살은 농무를 사위고
텃밭은 햇살로 넘실거린다

굽은 등에 무게를 더해가는
잡초 같은 농부의 마음
먼지 포삭이는 갈라진 상처 토닥이며
어머니의 마음을 어루만지듯
한 삽 한 삽 고추를 심는다

할미꽃

봄 햇살도 버거운 것일까
정수리로 받아내는
다소곳 고개 숙인 정숙한 여인
숨겨 놓은 보랏빛 상처
옷섶으로 여민다

벙그는 꽃을 보고
봄인가 했더니
초로에 선 그 봄 아직인데
흰머리 세상을 물들이며
할미가 되었다

빛의 그늘에 숨어 피는
웃음기 없는 얼굴
검붉스레 옷을 입고
고개 숙인 채 오롯이 피어난다
저물어가는 내 모습처럼

훼방꾼들

열린 창문 틈으로
바람이 밀려와 노트를 넘긴다
문장 속 까치 두 마리
갈겨 쓴 글을 콕콕 찍어
상수리나무로 나르고 있다

우르르 몰려든 참새떼들
와르르르 한 짐 모래를 쏟는다
그것도 시냐고 덮으란 듯

잽싸게 잡은 펜으로 갈지 자로 따라가다
"시 한 줄만 내게 다오!"
말하는 순간 퍼드득만 남겨
 퍼드득만 낭자하다

널브러진 모래알 같은 상형문자
도무지 알 수 없는 난해한 그들의 언어
오후의 햇살이
키득키득 비웃고 있다

시詩로써 독자와 소통하는 들숨과 날숨을 대화
- 최시영 시집, 『돌담도 꽃을 피웁니다』의 시 읽기

오 종 문_시인

1.

'시란 무엇인가?'라는 원초적 질문의 답에 대한 정의는 수없이 존재한다. 하지만 어느 하나를 들어 이것이라고 정의하기는 어렵다. 그러나 시는 우리 인생을 닮았다. 어느 한 사람의 삶을 한마디로 정의하기가 쉽지 않은 것처럼, 세상에 존재하는 것에 대해 이름을 지어주는 것이 시요, 억압된 사회와 부조리에 대해 당당히 맞서는 것이 시라고 말하기도 한다. 릴케는 "시는 체험으로, 그 체험을 글로 표현한 것"이라고 했고, 피에르 르베르디는 "정신과 현실이 끓어오르는 교섭 뒤에 침전하여 생긴 결정"이라고 했으며, C.D. 루이스 Lewis는 "시는 우리의 감각을 갈아 더욱 날카롭게, 완전하게 목숨으로써의 자각을 굳게 하고, 우리의 상상력을 연마하여 우리의 기억 속에 소중한 보물을 저장하는 구실을 하는 것"이라고 했다. 우리 삶에 존재하는 모든 게 시이기에 한마디로 정의할 수 없는 논제이다. 하지만 이 순간에도 살아있는, 그래서 새로운 것을 꿈꾸는 사람들 마음속에 별로 빛나기를 소망하게 만드는 시, 독자에게 감동을 주는 시가 바로 좋은 시이다. 일상에서 그냥 지나치기 쉬운 것에서 새

111

로움을 발견하고, 사물의 아름다움과 생명의 가치를 담아내고, 시의 형식과 내용이 잘 조화를 이룬 시가 좋은 시다. 그러나 이 또한 시를 읽는 이마다 공감하는 부분이 달라 어떤 시가 좋은 시라고 정의하는 것은 단순한 문제가 아니다.

2.

최시영 시인이 시를 쓰는 이유는 인간과 자연이 지닌 관계성 때문이다. 둘 이상의 대상이 서로 연결된 성질로, 인간과 인간, 인간과 자연의 관계에 대해 끊임없이 자신을 투사한다. 최 시인이 시를 창작하는 궁극적인 목적은 자기표현과 소명이지만, 시집 속 시편들을 살펴보면 사물이나 배경에 대해 관찰하고 공감하려는 시선을 발견한다. 삶의 행복과 기쁨의 관계 속에서 자아를 실현한다.

이처럼 최시영 시인의 첫 시집 『돌담도 꽃을 피웁니다』에 실린 시편들은 직접 체험하고 경험한 것들을 시로 승화시키고 있다. 시인의 가슴에 스민 내밀한 일들을 지배하는 기억에 대한 시편들로, 자전적이라고 말할 수 있을 정도로 자신의 인생 이야기를 시로 표현하고 있다. 문제는 개인사의 이야기가 얼마나 시적으로 독자와 공감하느냐이다. 그 결과에 따라 시인의 내밀한 이야기가 독자에게는 전혀 다른 초상으로 전해질 수 있기 때문이다. 실제 시를 창작하면서 개인의 인생사를 통해 어떤 사실을 넣고, 어떤 기록을 빼면서 시적 은유를 통해 독자가 읽고 싶어 하는 좋은 시가 되는지도 보여준다. 이 시집을 다 읽을 때쯤이면, 우리는 자신의 인생 이야기를 시로 표현하는 것이 괴로운 일도, 허영심도 아니라는 데 동의한다. 아니 자신의 삶을 그리고 자신의 시를 읽고 공감을 얻은 사람들의 삶을 더욱 풍요롭게 해줄 것이다. 첫 작품으로 「들꽃」을 만나보자.

벌 나비 찾지 않아도
꽃이라 불러주지 않아도
한 줌 햇살에도
마음껏 일렁이는
널 닮고 싶다

거센 비바람에도
짙은 향기를 품어
수줍은 듯 해맑은 미소로
의연하게 흔들리는
널 사랑하고 싶다

작은 바람에도
휘어질 줄 알고
무수한 별을 가슴에 품는
초롱초롱한 사랑을
그 마음을 닮고 싶다

－「들꽃」전문

　이 시에서 들꽃의 은유적 표현은 최시영 시인이 세상을 살아가고
자 하는 마음의 의지 표현이며, 시가 독자와 소통하고 공감하기 위
해 나아가고자 하는 시인의 진정성이며 시의 방향이다. 이처럼 그녀
의 시는 모든 생명과의 관계를 하나로 잇고 있다. 이 상호 관계는 들
꽃에서 인간으로, 인간에서 우주로까지 확장된다. "벌 나비 찾지 않
아도/꽃이라 불러주지 않아도/한 줌 햇살에도/마음껏 일렁이는/널

닮고 싶다"라는 시인의 청청한 마음은 곧 "널 사랑하고 싶다"로 확장되면서 세상을 유연하게 대처하는 들꽃의 "그 마음을 닮고 싶다"라고 말한다. 그러나 이 모든 해석에도 불구하고 독자와 교감하는 것은 시적 화자가 한 송이 들꽃으로 상징화된 데 있다. "거센 비바람에도" "의연하게 흔들리"면서 "짙은 향기를 품"는 들꽃은 어떤 악조건 속에서도 강인한 생명력을 이어가면서 꽃을 피운다. 그 꽃은 "작은 바람에도/휘어질 줄 알고" 밤하늘의 "무수한 별을 가슴에 품"을 줄도 안다. 그래서 시적 화자는 "초롱초롱한 사랑을/그 마음을 닮고 싶다"라고 말한다. 시인은 들꽃의 강인한 생명력으로 향기 나는 꽃을 피워내는 자존감, 그 어떤 세파에도 견뎌내고 하늘의 별까지 품어내는 들꽃의 넉넉한 품까지 닮고 싶다는 마음을 읽을 수 있다. 이처럼 시집 속에서 서정성 짙은 많은 시편을 만날 수 있다. 만만치 않은 나이임에도 시인의 가슴에 파릇파릇한 서정성이 봄나물처럼 돋아난다. "별빛으로 내려와/가장 낮은 자세로/몸을 던진 텃밭/콩꽃으로/깨꽃으로/방울을 달고/피어난 꽃//꽃밥도 수술도/몸에 달지 못한 서러움/영롱한 눈물로 살다/아침 부드러운 햇살에/향기도 다 주어버린/흔적 없이 사라져 버린/하룻밤의 꽃"으로 승화시킨 「이슬꽃」에서 보듯이 꽃과 화자가 사람으로 함께 대화한다. 따라서 시인은 우리가 태어나 주변에서 쉽게 접하고 발견할 수 있는 사물과 자연, 즉 들꽃이라는 하나의 생명에게까지도 마음을 투영해 감정을 새롭게 불어넣어 관계를 맺으면서 대화하며, 그 대화에는 항상 그리움이 묻어 있다.

그리움이 만발하여
벚꽃으로 피었나요

사랑했다 말 못 하는
진달래인가요

시린 아픔이라서
백목련에 묻힌 건가요

곱게 저물어 가는 저녁
지는 꽃잎 같은 꽃물 밴 노을인가요

가슴 속 깊은 곳
피어나는 그리움인가요

아직 채색되지 않은 꽃잎
가만히 풀어 보고 싶어요

-「그리움의 빛」 전문

시인의 가슴에는 늘 그리움으로 가득 차 있다. 그리움의 대상은
먼저 떠나보낸 임으로 나타나고, 파킨슨병으로 병원에 입원한 어머
니와의 현재 생활과 행복했던 시절에 대한 그리움, 외국에서 생활하
는 자식에 대한 그리움 등이 시편 곳곳에서 애틋함으로 표현된다.
시인의 그리움은 만발한 '벚꽃'으로, "사랑했다 말 못"한 진달래로
표현된다. 그 그리움이 너무 "시린 아픔"이라 화려한 '백목련'에 묻
히기도 하지만, "곱게 저물어 가는/지는 꽃잎 같은 꽃물 밴 노을"로
"가슴속 깊은 곳"에 "피어나는 그리움"이다. 그러나 시인에게 찾아
온 그리움의 색깔은 "아직 채색되지 않은 꽃잎"으로, 그리움의 색깔

이 어떤 것인지는 모르지만, 그 그리움을 꽃 피워 "가만히 풀어 보고 싶"다는 시인은 이미 어떤 그리움인지 알고 있다. 그래서 조금씩 결을 달리하는 그리움을 만나고 싶어 한다.

그대 가려거든
뽀드득 그 소리까지
남겨 놓고 걸을래요

남겨진 발자국이
지워질까 봐
혹여 길을 잃지 않도록
헤매지 않도록
조심조심 발길을 따라가던 날

그대 가려거든
정녕 가시려거든
그대 향기 꼬옥 묶어 가실래요
불어오는 바람에
흩날리지 않게
향기 따라 걷다가
허둥대지 않도록

그대 가려거든
안녕이란 말만 하지 말래요
이별인지 모르고

세월에 묻혀 가다
곱게 내린 석양 노을
그리움인지 알게요

-「그대 가려거든」 전문

　이 시는 이승을 먼저 떠난 지아비에 대한 원망을, 마음의 슬픔을 최대한 꾹꾹 눌러 담아 절절한 서정시로 이끌어냈다. 시인은 "그대 가려거든/뽀드득 그 소리까지 남겨 놓고" 가라는 이 구절은, 시적 화자의 허락 없이는 결코 보낼 수 없다는 애틋함이다. 그래서 임이 "길을 잃지 않도록/헤매지 않도록" "불어오는 바람에 흩날리지 않게/향기 따라 걷다가 허둥대지 않도록" 발자국과 발걸음 소리를 남기고, 향기까지 꼬옥 묶고 가라면서 "안녕이란 말만"은 절대 하지 말라고 한다. 그래야 "이별인지 모르고 세월에 묻혀" 살다 보면 '그리움'으로 자주 만날 수 있다는 희망이기도 하다. 하지만 시의 행간 이면에는 다시는 돌아오지 않는 사람의 마음과 습성까지 읽어내고 있으며, 언젠가는 그 발자국과 향기를 따라 함께 하겠다는 시인의 마음이 강물처럼 흐른다. 이처럼 남편에 대한 그리움을 표현한 작품은 곳곳에서 발견된다. "당신은/늘 그곳 그 자리에 있는데/난 가끔 보이지가 않습니다/행복한 웃음 뒤에 오는 모습은/차라리 타인처럼 낯설기만 하고/하고 싶은 말들이 많아질수록/목소리는 안으로 잠"긴다면서, "당신이 오가는 길목 어귀에/마음의 창 하나 열어놓고/바람에 쏟아진 별빛들을 모아/베틀질"을 한다. 지아비에 대한 지어미의 사랑이 날줄과 씨줄로 엮여「그리움」의 베를 짠다. 또 눈발이 날리는 밤이면 "허전한 마음" 속을 "파고드는" 것은 "공허한 바람 소리뿐"이라면서 "잡을 수도, 보낼 수도 없는/늘 내 안에 있는"「애달픈 사람」이 바로 사랑하는 사람이다.

　이처럼 시인은 시의 주제를 주변에서 찾는다. 시는 다른 문학 장르보다도 짧은 형식으로 인생의 심오한 의미와 삶의 기쁨, 정서적 순화 그리고 감동을 전달해 주기 때문이다. 시인은 상상력과 연상작용을 사물에 대한 감성을 풍요롭게, 긍정적인 시각으로 풀어냄으로써 읽는 이들의 감성을 풍요롭게 해준다. 시인이 아버지에 대한 그리움을 헛간 시렁에 걸린 녹슨 낫에서 찾는 것도 이와 다르지 않다.

> … (전략) …
> 무딘 낫을 숫돌에 갈았다
>
> 지그시 누른
> 팔목 힘만큼이나
> 가슴과 배를 내밀어
> 엇나가지 않도록 날을 세우고
> 평생을 자연에 순응하며 견뎌냈을
> 저 우직함
> … (중략) …
> 삶의 배고픔 잘라내고
> 한 생의 울분과 서러움 찍어내던
> 녹슨 그 낫
> 헛간 시렁에 걸려 있다
>
> 　　　　　　　　　　－「아버지의 숫돌」 일부

　시인은 조선 낫을 통해 아버지의 생을 그려내고, 행간의 이면에서는 역사적인 사건에 접근한다. '낫'이라는 연장은 농업이 생존의 주 노동수단이었던 시대의 상징물이다. 이를 잘 사용하면 농사에 꼭 필요한 실용의 편리한 도구였고, 때로는 수탈의 시대에 농민 저항 도구의 시대적 상징이었다. "무딘 낫을 숫돌에 갈"면서 "엇나가지 않도록 날을 세우" 듯 힘들고 어려웠던 한 시대를 "자연에 순응하며 견뎌냈을/저 우직함"으로 표현되는 아버지는 집안의 어른이요 기둥이다. "삶의 배고픔 잘라내고/한 생의 울분과 서러움 찍어내던/녹슨 그 낫"이 헛간 시렁에 걸려 있는 것을 바라보는 시인의 마음이 읽힌다. 아버지의 은유이며, 농민의 상징인 낫은 칼처럼 베고 자르는 도구지만, 안으로 둥글게 휘어진 모양새 때문에 절반은 닫히고 절반은 열린 공간으로 무한한 여백을 갖는다. 시인은 그 여백 속에서 아버지에 대한 그리움을 발견하고 노동의 숭고함까지 끌어낸다. 그런가 하면 시인에게 아버지에 대한 그리움은 "밤 별처럼 숭숭한 가슴에/소슬바람"이 명치 끝을 스"치는 아픔으로 느껴진다. "푸른 바람" 조차도 "아버지의 숨결"(「아버지」)로 느껴지는 그리움이다. 그런가 하면 "사람도 언어도 낯선 땅/어떤 명분 하나로 견뎌냈을지/차마 묻지"도 못한 아들의 마음에 이입되어 "그리운 고향 생각/엄마 생각"이 "불빛들로 반짝이고/마음속 깊은 곳까지 출렁이는/그리움"이 "지구별 끝과 끝 밀려갔다 밀려온다"면서 "낯선 먼 곳에/뿌리를 내린 아들"「어떤 안부安否─아들에게)에게 그리움으로 안부를 전하기도 한다.

3.
  한국 사회에서 자녀의 사회적 성공에는 엄마의 희생이 늘 전제된다. 출산, 양육, 진학, 취업에 이르는 과정에서 엄마는 당연한 듯 자신을 희생한다. 그런데 최근에는 딸의 육아까지 도와주며 희생의 연속을 자처한다. 그래서일까. 딸이 엄마를 바라볼 때 엄마의 인생이 안타까운 경우를 수없이 목격한다. 나와 가족을 위해 희생한 것도, 그래서 다음 생은 자신이 엄마로 태어나서 딸이 된 엄마를 보살피면서 사랑을 갚고 싶은 마음 때문인지는 몰라도 감정 이입을 많이 한다. 특히 최 시인의 시편에는 파킨슨병을 앓고 있는 어머니에 관한 이야기가 자주 등장한다.

> 96세 어머니
> 100세가 오래 오래란 뜻
> 딸의 진심을 알고 있을까
> 어머니의 마음에 비누칠을 해가며
> 슬픔의 두께를 문지르자
> 밀린 상처 거품 속에 젖어
> 와락 눈물을 씻겨내린다
>
> ―「어머니와 딸」 일부

이 시의 전반부는 와상臥像의 어머니를 목욕시키면서 딸이 어머니에게 "100세까지 이러고 삽시다"하고 무심코 뱉는 말에, 어머니가 "뭔 소리냐? 어서 가야지…"라는 예측하지 못한 대답에 순간 가슴을 때린다고 말한다. 그러면서 100세가 생물학적 나이가 아닌 "오래오래" 살라는 "딸의 진심을 알고 있을까"하고 반문하면서 "어머니의 마음에 비누칠을 해가며/슬픔의 두께를 문지르자/밀린 상처 거품 속에 젖어/와락 눈물을 씻겨 내린다"라는 구절에 이르러 눈시울이 붉어진다. 뼈만 앙상하게 남은 어머니를 목욕시키면서 느끼는 딸의 마음을 담아낸다. 이처럼 엄마와 딸의 관계는 혈연관계 중 가장 미묘하다. 엄마와 딸은 그 누구보다 가까운 친구 같은 사이이면서 가장 많이 부딪히는 사이이고, 가장 많이 서로 닮았지만 가장 다르기도 하다. 그래서 모녀의 관계는 가끔 애증이 되기도 하지만, 모자나 부녀 사이보다 훨씬 더 끈끈하고 질긴 끈으로 연결되어 있다. 엄마의 딸로 살아온 평생을 돌아볼 때 가장 다양한 감정의 결이 일어나는 관계가 모녀로, 엄마와 딸은 혈연 간 본능적 사랑 외에도 같은 여성으로서의 서로를 너무 잘 알기에 공감과 연대를 느낀다.

정글의 법칙이다
96세 병석의 어머니
방문을 노크하는 목소리

배낭을 메고
미지의 정글
맨발로 잠옷으로
밤마다 거리를 탐험한다

— 「어머니의 정글여행」 1, 2연

이 작품은 "배낭을 메고/미지의 정글/맨발로 잠옷으로/밤마다 거리를 탐험한다"서 알 수 있는 것처럼, 병원에 입원한 어머니의 현상을 재치 있게 표현하고 있으며, 강자만이 살아남는 정글의 법칙을 통해 어머니의 강인함과 모성애를 그려낸다. "내 새끼들 생각에/새우 한 마리 여럿으로 나누며/당신은 텅텅 비어버린 배 물로 채운다"라는 이 구절에서 그만 울음이 왈칵한다. 어디 시인의 어머니만 그

러했겠는가. 이 땅의 모든 어머니가 자식 입에 밥 한술 들어가는 것을 기쁨으로 알고 살아온 거룩한 희생이 아닌가. 특히 시인은 같은 성을 가진 여성으로서 그 길을 걸어왔기에 누구보다도 어머니의 마음을 잘 이해하기에 받아들이는 감정의 폭은 더 크다 그래서 잔잔한 물결이 아닌 큰 파도처럼 밀려온다. 「어머니 1」에서는 와상에 있는 어머니에게 "단풍잎 곱다고/말하지 않겠"다고 한다. "아프게 물들었음을" 너무 "잘 알기 때문"이라며, 마치 그 아픔이 바로 자기로 인한 것으로 받아들인다. "홀로 선 나목이/애처로워서가 아"니라 "못다한 사랑이/두렵"다며, 이제라도 "마음의 끈으로" 단단히 묶어 두고 오래오래 함께 하고 싶은 마음의 표현을 "한 아름 나무로" 서서 "바람을 막아설 때까지" "제 자리만 지켜" 달라고 기도한다.

돌 틈 사이
외톨로 피어오른
무명 꽃 당신

낡은 새끼줄에 엮인
시래기처럼
바스러질 것 같은
내 어머니

부러진 걸음
끌리는 몸으로도
지칠 줄 모른
당찬 사랑

아직도
묵은 장작 같은 어머니 가슴
식을 줄 모르는 마음은
늙어가는 자식까지도
품고 있다

- 「어머니 2」 전문

이 시처럼 시인에게 어머니는, "돌 틈 사이/외톨로 피어오른/무명
꽃 당신"으로 "낡은 새끼줄에 엮인/시래기처럼/바스러질 것 같은"
어머니가 "늙어가는 자식까지도" 다 사랑으로 품어내는 높고 크신
사랑이다. 그렇기에 "병상의 어머니/앙상한 뼈들의 골이 깊"(「파스
를 붙이다」)은 어머니를 위해 머리맡에 "쪼그려 앉아/이마를 짚어가
며/간호"(「보름달」)하면서 지켜본 어머니는 이제 "태풍 같은 세월/
할퀴고 간 자리/품격마저/사라"진 어머니로 묘사하면서, 같은 병실
같은 환경에 있는 초로의 사람들을 보면서 "오지도 않는 자식들/기
다리는/의미도 읽을 수 없는/눈가에 이슬"이 맺힌다. "그래도 내 자
식은/그래도 내 새끼는…"(「요양원에서」)이라는 구절에서 알 수 있
듯 결코 자신을 내버려 두지 않을 것이라는 피붙이에 대한 그리움과
함께 희망 섞인 메시지를 보내기도 한다. 또 시인은 병실의 풍경을
통해 인간의 생로병사를 그려낸다. "이웃처럼 정을 나눈 아낙네와/
짧은 눈빛 나누고/또각또각 소리로/멀어져 간/이별의 자리"(「입원
실에서」)로 묘사하면서 언젠가는 헤어져야 하는 어머니와 딸의 인연
의 끈을 놓아야 한다는 것을 은연중 암시하고 있다.
　그런가 하면 최시영 시인이 자연적인 사물에 관한 관심이나 인간
적인 그리움의 시편들만 존재하는 것은 아니다. 시인의 눈에 포착

된, 삶을 통해서 얻은 경험과 지혜를 통해 발견한 예리한 시편들이
우리의 시선을 시 속으로 잡아 이끈다.

돌담도 꽃을 피우는 걸 알았습니다
옹기종기 어깨동무하며
금잔디꽃 피워 올립니다

지난해보다
키를 한 풀 더 키워
온몸 내어 준 채
봄볕을 두르고
바람의 심장 소리를 들으며
모유 먹는 아이처럼
말똥말똥 진분홍 미소를 흘립니다

흰 눈 뒤집어쓰며
가슴으로 꼬옥 품어 키운 금잔디
세상 가장 말간 얼굴로
고개를 내민 아침
든든한 사랑입니다
봄날의 눈부신 외출입니다

−「돌담도 꽃을 피웁니다」 전문

시집 표제작인 이 시는, 돌담에 핀 금잔디를 끊임없이 관찰하면서
시인의 감정에 대입시키는 구조를 취한다. 우리의 삶도 생존을 위해

살아가지만, 수많은 관계 속에서 행복과 기쁨을 느끼며 자아를 실현한다. 이 작품은 단순히 '시란 무엇인가'를 넘어, 인간과 사물의 관계를 시로 설명하고 있다. 인간이 시를 쓰는 이유는 단순히 창작욕을 넘어서 인간과 인간 사이의 보완이고, 자연과 사회와 역사의 한 흐름이라고 말한다. 아니 시인이 지닌 시심은 본래 시가 지니고 있던 속성에 오히려 더 가깝다. 최 시인은 이미 지어진 사물의 본성에 연연하지 않고, 자신만의 새로운 이름을 붙여주었다. 그 때문일까. 이 시는 태초의 시처럼 아름답고 순수하다. 그렇지만 다음의 시는 전혀 다는 시의 색깔을 보여준다.

> 시시각각, 하루하루
> 몸이 시들어 가고
> 머리가 허옇게 변해가면서
> 제 스스로 물러진 억장
>
> 옹색한 변명 한 번도 못 했는데
> 코끝을 건드리는 악취를 풍기고서야
> 다짜고짜 멱살 잡힌 채
> 뒷마당 구석에
> 산 채로 매장당한 썩은 동태찌개
> 무너져가는 세월 속에
> 발길은 외롭다
>
> —「냉장고 동태찌개」 3, 4연

이 작품은 냉장고 속 동태찌개가 시적 화자로 은유 되고 있다. "가끔 문 여닫는 소리/긴장한 채 귀 쫑긋 세워보지만/호명은커녕 눈길 조차 없어/신선한 얼굴들이 앞자리에"(1연)에서 밀려나는 것처럼, 시적 화자도 "세월이 흘러/ 앞자리에서 뒷자리로 밀려"나 이제는 "구석진 자리에 웅크리고 앉아/내밀한 언어에 나서지도 못하고/고독한 입술 앙다물"(2연)면서 살아가는 시인의 삶이 냉장고 속 동태 찌개로 은유되고 있다. "시시각각, 하루하루/몸이 시들어 가고/머리가 허옇게 변해가면서/제 스스로 물러진 억장"이란 표현에서 시인의 속마음을 읽어낼 수 있듯이 "뒷마당 구석에/산 채로 매장당한 썩은 동태찌개"처럼 아무도 관심을 두지 않는다면서 "발길은 외롭다"라는 심정 고백을 통해 노인 문제에까지 접근한다. 그런가 하면 「달력을 앞에 두고」에서는 "달랑/못 하나에/사계절 삼백육십오일이/의연하게 또는 아쉽게/가볍게 걸렸다"면서 날마다 그 세월을 살아가면서도 "지난 길의 빈 칸을 눈으로 짚어가면/아쉬움만 남고 안타까움만 가득 남는/버려지고 홀로 떠난 시간"이라고 안타까워한다. 지나온 삶을 뒤돌아보는 정월 초하루 아침 성찰의 시간을 통해 "해야 할 일, 원했던 색채로/여백을 메꿔간다/삶과 희망을 찾아가는/길목을 색칠"한다고 말한다. 마치 살아서 꼭 해야 할 일처럼, 시인으로서 어떤 한 사람의 독자만을 위한 시일지라도 그 독자를 위해 시인의 사명을 망각하지 않겠다는 굳은 결의를 읽는다.

4.

최근 시인들의 시를 읽다 보면, 시가 전문적으로 창작하는 시인들의 전유물이 되어버린 것 같은 느낌이다. 그래서일까. 사람들의 은유적 표현을 일상 언어와 시적 언어라는 잣대로 선을 그어 시를 오히려 어렵게 만들어버린 것 같다. 시가 독자에게 공감을 줄 수 없어 떠난 것이 아니라 시를 어렵게 쓰는 시인이 시를 떠나보낸 것이다. 그러나 시인은 독자와 소통되지 않는다고 해서, 독자가 시를 멀리하고 싶다고 결코 멀리 둘 수 없다. 우리가 세상에 태어난 그 자체가 하나의 시이며, 살면서 경험하는 모든 게 다 시이다. 이처럼 최시영 시인의 첫 시집 『돌담도 꽃을 피웁니다』는 자신 내면과의 대화, 자연과 사물과의 대화, 사람과 사람의 대화이기도 하다. 자연과 인간과 사물과의 대화를 통해 새로운 눈을 뜨면서 삶을 녹여 낸 시를 통해 독자와 소통하면서 대화한다. 독자가 공감을 불러일으켜 세상을 보게 만든다. 바람에 흔들리는 들꽃의 몸짓을 통해 삶을 은유하고, 자연에 기대어 사는 사물을 통해 삶의 즐거운 노래를 듣게 되며, 바람의 그리움을 듣는 깨달음의 귀를 얻는다. 또한 스스로 둘러친 울타리에서 벗어나 세상으로 관심의 폭을 넓혀가면서 자신과 이웃의 삶을 사랑하게 만드는 힘을 갖게 해준다. 최시영 시인에게 시는 곧 자기 발견과 자기표현의 과정으로, 사물에 대한 앎이고 구원이며 힘이고 용기이다. 최시영은 시를 통해 세상을 변화시키려고 한다거나 시적 행위를 통해 무언가를 얻으려는 욕망의 방법이 아닌 내면적 해방을 위한 것으로, 그의 삶의 여행에 독자를 초대한다. 그리하여 시선과 감성에 사로잡힌 것들을 들숨과 날숨으로 대화한다. "멀리서도/바라볼 수 있어/행복입니다//비워 가면서도/다시 채워지는/기쁨입니다//보이지 않아도/다시 올 줄 알기에/조바심이 없습니다//잊겠노라/훌쩍 뒤돌아서면/발길에 서는/달그림자입니다"(「달빛 아래서」 전문)라는 이 시를 통해 다시금 시에 대한 시인의 열정을 읽는다. 진심으로 첫 시집 상재를 축하하며, 계속해서 제2시집, 제3시집 등을 기대한다. 그리고 이 시집의 백미白眉라고 말할 수 있는 「월출산 바람」을 다시 음미하면서 마무리한다.

월출산 천황봉을
한달음에 넘어온 바람
서당동 대숲에서
명강의를 하고 있다

잠시 숨죽이다가도
궁시렁대며 술렁이고
가끔 격한 몸짓으로
휘어진 허리를 타고 내려와
관중들을 잠재운다

엊그제 군무로 이소離騷를 한
물까치 떼 빈 둥지에
가을 햇살이
주인처럼 내려앉고

월출산 큰바람은
영암 앞바다 파도를 불러와
바람집 한 채 짓는다